El casco perdido

Pero, ¿dónde
puse el casco?

Debo encontrarlo.
¡No puedo montar
bicicleta sin él!

No está en la
percha de los abrigos.

No está en
el clóset.

No está debajo
de la cama.

No está en la
maceta.

No está en el
refrigerador.

¡No está en ningún lado!

Mi casco se ha perdido.
No podré montar bicicleta.

¡Ya recuerdo!

Dejé el casco
en la bicicleta
para no olvidar
dónde estaba.

La bicicleta nueva
¡Rin!
¡Rin!
¡Rin!
¡Rin!
¡Ñam!
¡Ñam!

¿Es ese Erizo?

¡**Es** Erizo! ¡Está montando bicicleta!

¡Viene hacia acá!

¡Viene rápido hacia acá!

¡Viene **demasiado** rápido hacia acá!

¡Rin!
¡Rin!
¡Rin!
¡Rin!

¡Hola, Enrique!
¡Rin!
¡Rin!

Hola, Erizo.
¿Qué te parece mi bicicleta nueva?

Me parece que es rápida.
Ay, lo siento.

¡Intenté alertarte con el timbre!
¡Rin!

¿No es la mejor bicicleta que hayas visto?

Tiene una cesta.

Tiene un sillín
amarillo suave.

Tiene manubrios
blandos.

Tiene un timbre.
¡Lo tiene **todo**!
¡Rin!

Es muy bonita.
Gracias.

¿Quieres montarla, Enrique?

No. Es tu bicicleta nueva.
Tú deberías montarla.
No te preocupes.
Me gusta
compartir.

No tengo casco.
Puedes
usar el
mío.

No me servirá.
Ah.

Ve a buscar **tu** casco.
Así podrás montar mi bicicleta.

Me demoraría mucho yendo a mi casa.
No es cierto. Puedo ver tu casa desde aquí.

Ejem... Puede que haya perdido mi casco.
¿**Perdiste** tu casco?

Puede que sí.
Creo que **no** te gusta mi bicicleta.

No, Erizo.
Me gusta tu bicicleta.
¿Y entonces por qué no quieres montarla?

Te mostraré.
Espera aquí.
Suspiro.

¡Rin! ¡Rin!
¡Rin!

¡Rin!
¡Rin!
¡Rin!

¡Enrique!
Trajiste tu bicicleta.
¡Podemos montar juntos!

Ah.
Tiene rueditas de entrenamiento.

Sí.
Aún no puedo
montar sin ellas.
Por **eso** es que
no querías montar
mi bicicleta.

Montar bicicleta sin
esas rueditas es difícil.
Aprenderás cuando
estés listo.

Pero podemos montar juntos. ¡Vamos!

¿No te sentirás ridículo montando conmigo?
Claro que no.

¿No irás demasiado rápido?
No iré demasiado rápido.

Gracias, Erizo.
De nada, Enrique.
¡Vamos a montar!

No tocarás el timbre **todo** el tiempo, ¿verdad?
No puedo prometer eso.
¡Rin!
¡Rin!
¡Rin!
¡Rin!
¡Rin!
¡Rin!
¡Rin!
¡Rin!
¡Rin!

Merienda
¿A dónde vamos?
Deberíamos ir a mi casa.

¿Hay algo que merendar en tu casa?
Sí.

¡Deberíamos ir a tu casa!
¡Vamos!
¡Rin! ¡Rin!

¡Rin!
¡Rin!
¡Rin!
¡Rin!
¡Rin!
¡Rin!
¡Rin!

ERIZO

Fue un buen paseo en bicicleta.
Sí, fue un buen paseo.

El paseo me agotó.
El paseo me dio hambre.

¡Claro!
¡La merienda!
Voy a buscar
algo de comer.
ERIZO
¡Buena
idea!

Hum.
¿Qué debería
llevar?
LE

¿Debería
llevar
uvas?
¿Debería
llevar cóctel
de frutas?
¿Debería
llevar
yogur?
YOGUR

No me
puedo
decidir.

No sabía que te
gustaría, Enrique.

Así que traje
de todo.
¿De todo?
¡Esa es mi
preferida!

¡Ñam!
¡Ñam!
¡Ñam!
¡Sorbe!
¡Sorbe!
¡Sorbe!
GALLETAS
DELICIOSO
YOGUR
PALITOS DE QUESO

Qué gran
merienda.
Después de una gran
merienda, me gusta caminar.
Creo que estoy muy
lleno para caminar.
¡Tengo una idea!

¡Que vivan las rueditas!
¡Y los buenos amigos!

Sobre el autor

Norm Feuti vive en Massachusetts con su familia, un perro, dos gatos y un conejillo de Indias. Es el creador de las tiras cómicas **Retail** y **Gil**. También es el autor e ilustrador de la novela gráfica **The King of Kazoo. ¡Hola, Erizo!** es su primera serie para lectores principiantes.

¡TÚ PUEDES DIBUJAR A ERIZO!

1. Dibuja la silueta de un frijol.

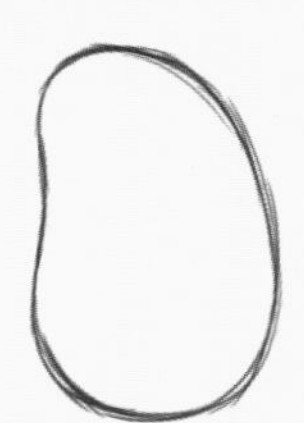

2. Dibuja la nariz y los ojos.

3. Añade las orejas y ¡un montón de púas!

4. Dibuja los bracitos y las manos. ¡Añade las piernas y los pies!

5. Haz manchas negras en la punta de las púas. Termina de dibujar la cara.

6. ¡Colorea tu dibujo!

¡CUENTA TU PROPIO CUENTO!

Erizo monta bicicleta con Enrique.
Imagina que Erizo te pide a **ti** ir a montar bicicleta.
¿Cómo es tu bicicleta?
¿A dónde irían Erizo y tú?
¡Escribe y dibuja tu cuento!

¡HOLA, ERIZO!

¿Te gusta mi bicicleta?

Norm Feuti

ACORN™
SCHOLASTIC INC.

Para mamá —NF

Originally published in English as *Do You Like My Bike?*

Translated by Abel Berriz

ISBN 978-1-338-60114-5

10 9 8 7 6 5 4 22 23 24

Printed in China 62
First Spanish edition, 2020
Book design by Maria Mercado